LES COPAINS DU COIN

UN MATCH À LA GOMME

Larry Dane Brimner • Illustrations de Christine Tripp
Texte français d'Hélène Pilotto

Éditions
SCHOLASTIC

À Neal et Joan Broerman
— L.D.B.

À ma fille Emily
— C.T.

Catalogage avant publication de la
Bibliothèque nationale du Canada

Brimner, Larry Dane
Un match à la gomme / Larry Dane Brimner;
illustrations de Christine Tripp;
texte français d'Hélène Pilotto.

(Les Copains du coin.)
Traduction de : The Big Tee Ball Game.
Pour enfants de 4 à 8 ans.
ISBN 0-439-96271-4

I. Tripp, Christine II. Pilotto, Hélène III. Titre.
IV. Collection : Brimner, Larry Dane. Copains du coin.

PZ23.B7595Mat 2004   j813'.54   C2004-902786-7

Édition publiée par les Éditions Scholastic, 175 Hillmount Road, Markham (Ontario) L6C 1Z7.

5 4 3 2 1   Imprimé au Canada   04 05 06 07

Un livre sur

l'esprit sportif

C'est la dernière manche
et le pointage est à égalité.
Les Copains du coin, Gaby,
JP et Alex, se dirigent vers
le champ avec les autres
joueurs de leur équipe,
les Lynx.

— On ne doit pas les laisser marquer,
dit JP. J'aimerais tellement gagner
contre les Ours... Au moins une fois!

— Ne t'inquiète pas,
répond Gaby.

— Mais les Ours ont gagné toutes leurs parties! lance Alex.

Gaby hausse les épaules et sourit, comme si elle savait quelque chose que les autres ignorent.

Trois Ours se présentent au bâton.
Trois Ours sont retirés.

Même quand ils réussissent
à toucher la balle, celle-ci
ne tombe pas du support.

C'est maintenant au tour des Lynx
d'aller au bâton. Ils courent
jusqu'au banc.

— Un point, dit Alex, c'est tout
ce qu'il nous faut pour gagner.

Gaby ne répond pas, mais quand
elle passe près du support,
elle tire fort sur la balle.

Pop!

Elle en prend une autre dans le panier
et la dépose sur le support.

Quand vient le tour de Gaby d'aller au bâton, JP est au troisième but.

« Juste un point », se dit-elle, mais son estomac se noue à cette pensée.

Elle s'élance et frappe la balle.
JP court jusqu'au
marbre.

À la fin de la partie, les Lynx soulèvent JP, Gaby et la coupe des champions bien haut dans les airs.

— Attendez! dit Gaby. Je veux descendre. Excusez-moi.

Elle regarde les visages joyeux qui l'entourent et murmure :
— Nous n'avons pas gagné.

Les enfants sont stupéfaits.

— J'ai collé une gomme à mâcher
sous la balle, dit Gaby. C'est pourquoi
les Ours ne réussissaient pas à la frapper.
Je pensais que ce serait
amusant de
gagner, mais...

Gaby rend
la coupe à
l'entraîneuse
des Ours.

Personne ne
parle, pas
même les Ours.

Sur le chemin du retour, les Copains du coin marchent en silence.

Soudain, JP dit à Gaby :
— Tu as été courageuse de dire la vérité.

— C'est vrai, approuve Alex.

Puis, pour faire rire son amie, il ajoute :

— Hé, Gaby, sais-tu pourquoi les joueurs de baseball se font souvent arrêter par la police?

Gaby hausse les épaules.

— Parce qu'ils n'arrêtent pas de voler des buts!

Les trois amis éclatent de rire.

Puis, retrouvant son sérieux,
Gaby annonce :
— Pas besoin de tricher pour gagner.
L'année prochaine, nous gagnerons
en jouant selon les règles.